D0690137

Published in the United States by
Blue Apple Books
515 Valley Street, Maplewood, NJ 07040
www.blueapplebooks.com

First Edition
Printed in China 02/15
Hardcover ISBN: 978-1-60905-508-0
Paperback ISBN: 978-1-60905-581-3
1 3 5 7 9 10 8 6 4 2

It's Raining Cats and Frogs!

¡Llueve Gatos y Ranas!

by Harriet Ziefert

illustrations by Ethan Long

BLUE APPLE

It's raining. It's raining hard.

Está lloviendo. Está lloviendo mucho.

Puddles. Lots of puddles.

Charcos. Muchos charcos.

SPLASH!

¡SALPICÓN!

It's raining cats.

Está lloviendo gatos.

It's raining frogs.

Está lloviendo ranas.

It's raining cats and frogs!

¡Está lloviendo gatos y ranas!

What should we wear on this rainy, cats-and-frogs day?

¿Cómo nos vestimos en este día en que llueven gatos y ranas?

What do you wear in the rain?

¿Como te vistes para salir en la lluvia?

We need raincoats.
Do we need boots?

Necesitamos impermeables.
¿Necesitamos botas?

We need rain boots.

Do we need hats?

Necesitamos botas de lluvia.

¿Necesitamos sombreros?

Are we ready to go out on this rainy, rainy day?

¿Estamos listos para salir en este día tan lluvioso?

We have boots. We have raincoats. We have rain hats.

Tenemos botas. Tenemos impermeables. Tenemos sombreros para la lluvia.

What should we do on this rainy, rainy day?

¿Qué vamos a hacer en esté día tan lluvioso?

We should jump in puddles!

¡Vamos a saltar en los charcos!

We should play—even if it's raining cats and frogs!

¡Vamos a jugar—aunque esté lloviendo gatos y ranas!

What should we do now?

¿Qué vamos a hacer ahora?

We can read! What books do you like to read?

¡Podemos leer! ¿Qué libros te gusta leer?